OS ACAMPAMENTOS INSUSTENTÁVEIS

ANELITO DE OLIVEIRA

2019

Kotter Editorial

coordenação editorial
Sálvio Nienkötter

editor-adjunto
Raul K. Souza

capa
Paula Villa Nova

editoração
Maria Luiza de Carvalho Rodrigues

produção
Cristiane Nienkötter

Dados Internacionais de Catalogação na Publicação (CIP)
Angélica Ilacqua CRB-8/7057

Oliveira, Anelito de
Os Acampamentos Insustentáveis | Anelito de Oliveira

Curitiba: Kotter Editorial, 2019.
148 p.

ISBN 978-65-80103-40-9

1. Poesia brasileira I. Título

CDD B869.1

19-1201

Kotter Editorial
Rua das Cerejeiras, 194
82700-510 | Curitiba/PR
+55 41 3585-5161
www.kotter.com.br | contato@kotter.com.br

1ª Edição
2019

OS ACAMPAMENTOS INSUSTENTÁVEIS

REGISTROS

ANELITO DE OLIVEIRA

KOTTER EDITORIAL

2019

SUMÁRIO

Em memória do poeta Marcelo de Angelis,
Que sustentou o afeto como acampamento.

"A fome é fome, mas a fome que se satisfaz com carne cozida, que se come com faca ou garfo, é uma fome muito distinta da que devora carne crua, com unhas e dentes".

Karl Marx, 1857

A CASA

A casa

Para Zailda

Não há um cão no escuro da cozinha
Nem um gato com seus olhos apavorados
Nem a última galinha ruiva
[aquele ente cor de terra queimada]

Bicando grãos de arroz nos buracos do piso mal
[varrido
Nenhuma coisa insensata
Como aquela

Nenhum bicho, nem um, nenhum bicho parado
A ouvir não sei o quê no silêncio
Quando alguém adentrava aquele lugar
De que agora me lembro neste instante
Um bicho a olhar fixamente
Sem entender nada

Nem mesmo o horrível sapo

[sequer há chuva, o lamaçal no quintal
Não há, claro, aquele quintal, o barro
As folhagens exalando sua umidade
Todo aquele brejo depois da janela
Água infiltrando-se pelos rodapés
O quase-medo de que a casa caísse]

Era a casa, e ela está aqui, no meio de mim mesmo
Estando em mim, neste que está presente
Ainda vivo, semi-ausente, ainda olhando,
Mas não há um cão, um cão-ninguém,
Sujo, escaldado, faminto
Recém-escorraçado de outra casa
[também não há outras casas]
Não há um cão molhado
Um cachorro magro
Um vira-lata pálido
Uma cadela sôfrega
Neste escuro – que também não há
Não há um cão e não há escuro
E aquilo que parecia um inseto
Que não era um inseto
Uma ferrugem espessa
Outra espécie de bucha
[o que era aquela teia sem aranha
Para a qual existia um nome?]

Não há nada
Nem o escuro
Nem a porta quebrada aberta para o escuro
O infinito escuro enredado no matagal
Não há nem
Sobretudo

O vazio

Por onde nossa mãe passava
Voltando esmagada depois
De mais um dia de sofrimento no campo
Mas com aquela alegria simples
Transcendendo humanidade
E:

Não.
Não há.
E.
Eu não posso deixar de dizer isso
[não há]
E.

Eu tenho que pensar sobre isso
[não há]

1. OS DIÁLOGOS MONOLOGANTES

–alguma dificuldade na vida?
–todas.
–é o mesmo que nenhuma. a maior?
–o tempo.
–qual?
–sempre passando, acabando, escapando.
–resolva. fácil.
–como?
–morrendo.
–em que sentido?
–todos.

–o que pensa quando não está pensando?
–que é preciso não pensar.
–é possível?
–é impossível.
–como, então?, não pensar.
–fazendo.
–o quê?
–nada.

–algum desejo de mentir?
–não.

–vai dormir?
–parece.
–até que horas?
–até o fim.
–do sono?
–do pesadelo.
–proust?

–aconteceu alguma coisa ontem?
–não.
–alguma previsão para hoje?
–não.
–a vida continuará?
–sim.
–do mesmo jeito?
–sim.
–bom dia.

–o que é uma pessoa?
–a outra de.
–de quem?
–de si mesma.
–um disfarce?
–não. menos. mais.
–então?
–o disfarçável.

–alguém que tenha dito a verdade?
–nina simone.
–o que houve?
–o insuportável.
–estamos condenados?
–sem dúvida.

–ainda não entendi certas coisas.
–eu também não.

–há o covarde.
–por certo.
–como reconhecê-lo?
–de perto.
–como é?
–nojento.

–o dia começou com o sumiço do óculo.
–onde estava?
–na sensação de incompletude.
–como era?
–a verdade.

–há o incompreensível.
–onde?
–no incompreensível.
–na palavra.
–não, na ausência.
–o que é?
–o próprio não.
–em face de?
–não.

–ninguém sonha.
–todos dormem.
–como?
–na suspensão.
–de si?
–do mundo.
–como entender?
–sonhando.

–o que esperava?
–o inesperado.
–como resposta?
–como pergunta.
–como distinguir?
–pela vontade.
–de quê?
–de justiça.
–o esperado é injusto?
–a resposta.

–lembra?
–certamente.
–esqueça.

–outrora voltava para casa.
–o que aconteceu?
–difícil saber.
–uma mudança?
–talvez.
–de quê?
–de mundo.

–a noite acontece depois do dia.
–é mesmo.

–o que fazemos em nós mesmos?
–esquecimento.
–do que somos?
–do que já fomos.
–essencialmente, heidegger etc?
–sem pensamento.
–o que fomos?
–nós mesmos.
–o que somos?
–indiferença.

–o que se perde?
–onde?
–na vida.
–o viver.

–uma certeza.
–a solidão.
–outra certeza.
–a solidão.
–a única certeza!
–a solidão.

–teve ouro?
–não.
–teve gado?
–também não.
–teve fazenda?
–claro que não.
–funcionário público?
–parece.

–o que tem acontecido?
–nenhum acontecimento.

–vantagem de ter nascido?
–poder morrer.

– ?
–torpor.

–talvez queira.–o quê?
–aprender.
–o quê?
–a viver.
–não, muito obrigado.

–sem saída?
–opaco.

–a janela está aberta, vê.
–e se estivesse fechada?

–acho que não vale a pena.
–mas você não tem certeza?
–tenho a certeza minha.

–estranho!
–nem tanto.
–como entender?
–difícil.
–todos viram?
–sim, sim.
–o que disseram?
–nada.

–o que olhavam?
–não consegui ver.
–estavam perto?
–quase dentro.
–então, eram eles!

–não é uma contradição?
–de fato, ainda não sei.
–parece-me uma contradição.
–em que termos? como?
–nos termos de um processo.
–no fundo, há só um processo.
–aparentemente, sim, mas...
–deveria ser diferente, ser...
–sim, deveria ser algo seu.
–mas onde cabe a possessão?
–difícil perceber, decerto.
–se ninguém quer assumir.
–mas, uma contradição, não?

–quem está aí?
–quem está aí.

–parece que o mundo não tem havido.
–certamente, não. tem apenas sido.

–o que fazer com as palavras?
–escondê-las. escondê-las.

–alguma lembrança?
–de uma lembrança.
–do passado?
–não, do presente.
–o que constitui?
–uma relação, elo.
–tem sentido?
–fundamentalmente.
–o que há no fundo?
–uma havência.

–a natureza da obra é infinita?
–a infinitude da obra é natural.

–talvez não tenhamos entendido.
–outra vez o entendimento?!
–quantas vezes for necessário.
–mas não é uma necessidade vã?
–o que nisso tudo não é vão aqui?
–sem dúvida, nada se contém.
–talvez não tenhamos entendido.
–pretende explicar em definitivo?
–mas não sou eu que devo fazê-lo.
–quem, então, explicará? clarice?
–é uma possibilidade. ou ludwig.
–mas ambos estão ausentes aqui!
–talvez não tenhamos entendido.

–esta mancha.
–onde?
–no seu rosto.
– ...
–sangue?
–existência.

–o que deliciavam lá?
–algo parecido com amor.
–qual era a cor, suave?
–grave, como um tecido.
–muita gente por perto?
–sim, não, uns, o povo.
–ali na frente, olhando?
–ali, bem ali, oprimido.

–sinto muito.
–sinto pouco.

2. DEZESSETE CARTAS PARA NINGUÉM

primeira carta

os correios estavam fechados naquela tarde. ou estavam fechados naquela manhã. ainda era antes de 12 horas no país, com o mesmo sol decidido. alguém deveria começar uma carta assim, tocando na dificuldade real de se escrever uma carta, cartas, atualmente.
todos veem as portas de aço dos correios - é real. fechadas - mais real ainda. o real é assim: coisa de aço, fechamento.
e alguém lá fora, sem direito a entrar, esbarrado na impossibilidade, com um envelope na mão - irreal?

lembranças.

eu

segunda carta

exato.
era sobre isso que tinha que dizer alguma coisa.
mesmo sem ninguém para ouvir nada ali por perto.
chegaria alguém, depois.
ter que dizer chamaria alguém, convidaria alguém a estar ali, em face da possibilidade de um encontro.
não interessa muito o que seria dito, que acaba sempre sendo impossível de se dizer totalmente. como seria dito, sim, interessa.
seria dito em silêncio, naturalmente, a sentir. diria respeito a uma distância intransponivel entre um lado e outro.
os dois, lados! é possível.

lembranças.

eu

terceira carta

tanto tempo aqui, (e embora não pareça),
longe daqui, disso que está circunscrito por um
nome, mas aqui mesmo - a cidade é aqui,
e vocês no mundo, aí,
onde continua sendo o mundo, fora do que se é,
em torno do corpo, com palavras, com revólveres,
dentro de casas apartamentos fábricas bares praças
bancos ruas cinemas matagais -
todas as ilhas, ilhas,
e seria preciso alcançá-los, sempre foi e ainda é, continua sendo, por isso a narrativa, por isso a ânsia de dizer, mas antes é preciso chegar em casa, mas onde é isso? -
chegar em casa. onde? onde?
depois da guerra, a guerra continua por não haver
um depois da guerra.
então,
o silêncio -
digno, vivo, infeliz.

lembranças.

eu

quarta carta

assim, no meio do que não foi, nasce alguma coisa ainda, a vida.
impossível e necessário começar a entender, mesmo se tudo está ausente. o que havia lá?
vinha correndo pela rua, como se estivesse a pé. queria chegar antes de alguma coisa.
as palavras saltavam de suas mãos. quem era você?

lembranças.

eu

quinta carta

esse jeito de viver é seu,
o de morrer será de outra gente, daqueles que não passam horas pensando nas possibilidades impossíveis.
esse mal-estar na possibilidade -
as mesmas palavras para as mesmas coisas para um mesmo mundo, tudo funcionando tão bem como se fosse feito para funcionar.
de fato (sempre, quando não há fato nenhum, nem mesmo interpretação), a intransitividade como expressão do que não cabe na ordem estabelecida, e é, portanto,
degredo, silêncio, segredo.

lembranças.

eu

sexta carta

recebi a notícia,
e não tenho resposta nenhuma a dar - e também não hei de comprar alguma. talvez seja interessante que não haja resposta, que sua notícia, afirmativa, fique no ar das perguntas.
você diz que - afinal,
aconteceu. sim, os acontecimentos daí,
os daqui, os de longe, todos são interessantes, mui interessantes, não é?

lembranças.

eu

sétima carta

não é que queiramos, mas a descontinuidade nos constitui. se eu disser o seu nome aqui, pensarão que diz respeito apenas a você. não. claro que não. a descontinuidade é algo ambivalente, ou mesmo polivalente, vale-age pluralmente. você não ia, mas dizia que ia. eu ia, pelo menos desta vez. fui. lá estava o lugar - deserto, à espera de algum sentido, ou de um outro sentido, certamente, sempre há sentido. sabia que a chuva a impediria de chegar lá. a chuva desmanchando o cabelo. essas coisas prosaicas: chuva, cabelo, noite. mas o sentido de existir nunca passou de prosaicos desmanchamentos: alguém andando na chuva - desmanchando-se. o contrário disso é alguém olhando a chuva de dentro de casa. tudo tem nome, e diz tão pouco. não vale a pena dizer nada sobre isso. claro, não estou dizendo. espero que não diga nada.

lembranças.

eu

oitava carta

fico pensando no que significa assumir a prosa, já
que é imprescindível para chegar até aí, no mundo,
onde você escuta rádio aeme e lava roupa -
é começar a abordar isso, como polícia, que é como
sempre se aborda, baculejos.
é difícil aceitar um conhecimento por invasão,
tomando o poder no espaço corpóreo, tocando em
tudo como se apenas coisas, órgãos, fossem -
mas, sim, é assim que tudo fica mais claro, que a
existência se torna algo absolutamente claro. mas
também absurdamente simplista.
não, assumir a prosa pode ir além do mundo onde a
marquesa saiu a tantas horas, que tanto incomodava
valéry, para atingir a possibilidade da chegada
inesperado sentido -
na noite, sem conhecimento, sem querer dizer nada
que você compreenda e responda representando -
que o escuro nos esconda.

lembranças.

eu

nona carta

você ainda acredita na verdade, chora quando alguém lhe diz algo comovente, por exemplo, que margarida, a amiga, está morrendo, mesmo que seja um vegetal, mesmo que quem lhe diz isso esteja se referindo a uma preocupação com o jardim,
tanto faz,
a verdade, para você, é isso,
alguém dizendo diferentemente alguma coisa, é
a verdade para você, segundo o que você concebe
como verdade,
e é assim mesmo que você vai-se revelando a própria verdade, você é a verdade,
quando penso em você, e como tenho pensado!,
penso exatamente nisso: alguém chorando desconsoladamente pelo mundo

lembranças.

eu

décima carta

sempre digo que nada deveríamos,
que deveríamos, alias, parar de dever, mas você continua comprando, comprando, essas sacolas de angústia de marca, tudo vai-se acumulando, acumulando, os comunicados ofensivos chegando na caixa de correios, credores, como lobos, uivando lá fora, o ideal seria jogar fora, amontoar tudo na porta do inferno, que você insiste em chamar belamente de shopping,
mas você se preocupa, no fim das contas, ainda se preocupa com a sustentabilidade ambiental, não quer produzir mais lixo, quer salvar o mundo, você, obama e marina, apesar do capitalismo, com a colaboração dos santos capitalistas,
uma coisa não tem nada a ver com a outra, tem?

lembranças.

eu

décima primeira carta

você me pergunta pelas coisas. sempre o desejo de saber, como se eu soubesse algo sobre alguma coisa. você, certamente, sabe - e desejo que não me diga nada.
mas as coisas, não há dúvida, existem, dão-se a ver - e em certos momentos fica mesmo impossível não vê-las.
por exemplo, o telhado das casas do alto daquele mirante. parece outra cidade. quando tudo começou, não pensei que chegasse a tanto, que haveria um limite.
todavia, não estou bem certo se aquilo que vejo dali realmente existe, se chega a ser uma coisa ou é viagem minha. talvez seja.
quando penso nessa distorção entre o que vejo e o que sinto aqui, tendo a concluir que não devo atender a seu pedido de informação.
concluo.

lembranças.

eu

décima segunda carta

digamos que, nesta tarde, alguém tivesse ido até o portão, pensando ter ouvido algo que nem mesmo bob, o pequeno cão adoentado, ouviu. abriu, e ficou esperando que alguém se apresentasse. ficou ali, do lado de dentro, durante muito tempo, esperando. quem era, não se apresentou.
o que lhe restou foi apenas fechar o portão depois de tentar, insistentemente, ver quem é que estava ali, que visitante havia chegado sem avisar.
terá isso algum significado muito claro, tanto que enunciá-lo lhe parece redundante demais. digamos apenas que você tem estado no mundo, sem dúvida.

lembranças.

eu

décima terceira carta

por tantas vezes tem sido a primeira vez. penso, como não?, em zenão. você diz, quer dizer, que não, que haja progressão - de um a... devemos chegar a algum lugar, devemos aportar - ítaca!
pois é. somos o que aconteceu depois - o burguês, a burguesa, o trabalho, o dinheiro, o stress, o desencantamento, o fim.
a não progressão, o estado de somente estar, é um nunca chegar em casa para nunca estruturar sociedade nenhuma, para nunca chegar a um mundo onde até as tartarugas perdem a cabeça.

lembranças.

eu

décima quarta carta

ouvindo nelson cavaquinho outro dia, depois de tanto tempo, aquele sol que não pode viver perto da lua, não é que não queira, é que não pode,
o que é o sol?,
o que é a lua? e, finalmente,
o que é viver? - é no que penso agora. sempre o distanciamento, sempre a impossibilidade de coexistência, a tal ponto que vai ficando possível, como não?, falar em incompossibilidade de mundos, falar de gritantes contrariedades.
estava tão claro,
e como está escuro!,
tudo se mostrava como agora se esconde. perto.

lembranças.

eu

décima quinta carta

era para ter sido enviada de lá, com o que se passava [relevos, eucaliptos, casebres], à medida que, sem chegar a pensar [desamparo, operárias, imundície]. todavia, resistimos a nós mesmos, como se houvesse possibilidade de sair integralmente disso que sempre foi a condição intramundana [um clarão na merda], como se houvesse saída para fora quando tudo é absolutamente dentro [percepto]. pensamos, duvidamos, voltamos - com a letra no bolso.

lembranças.

eu

décima sexta carta

por si só, bastante como se apresenta, incessante
movimento no mesmo lugar, indo, vindo, indo -
mas não, falta, falto ali, devo faltar,
então, explicações, palavras contra o que está sendo,
para desfazer o que quer ser, que ainda não chegou
a - e a janela, aberta, fecha
-se, ali, lembra, não mais percebe o aberto, a eterni-
dade se dando a ver, como no poema de rilke, sem
a apreensão da finitude, puro animal vendo, a lem-
brança, os comprometimentos, o trabalho o traba-
lho o tripalium!, o mundo como tortura, os outros
como inferno - explicações,
o verdejante amanhecer dos singelos povoados, o
amarelecer da tarde sobre
o mar enquanto andamos - sem palavras.

lembranças.

eu

décima sétima carta

devo parar de te escrever.
não porque você esteja suficientemente escrita, mas
porque a vontade de escrever é só sua - e infinita:
uma espécie de morte.
a escrita, lançada daqui, não te alcança.
no fundo, te perde no desejo mesmo de te alcançar
{você bosque demais.
pede notícias, exterioridades, significados - sempre
a ânsia de ter o mundo mais perto. não há o que
remeter para além deste -
o remetente.
a carta é o que não chega a ser - e, na sua insuficiên-
cia,
arfando como um urso na neve, é.

lembranças.

eu

3. OS ACAMPAMENTOS INSUSTENTÁVEIS

Talvez felicidade

Ficava depois de uma ladeira. Parecia outro bairro, mas era o mesmo. Cansava chegar lá, uma caminhada. Tinha um pé de manga à frente ou no fundo, no meio, talvez. Tinha um pé de manga, é certo. Um dormitório, uma sala, um banheiro, uma cozinha. Tinha muro. Não me lembro como era o muro. Lembro-me da laje, áspera, artesanal. Sobre a laje, uma manhã, pedras rolando. Assustado, eu acordando. Rindo, ele dizendo: campainha de pobre [o irmão morto]. A cama, o guarda-roupa e o armário usados. A alegria pelas primeiras aquisições. Tom Zé cantando "Menina Jesus" na fita cassete. Um dia o soldado, dono do barracão, chega: "O senhor é muito versátil". Não dava tempo para discutir significado. Não tinha feito nada. Talvez felicidade. O significado era desocupação.

A palavra ampla

Tudo era muito limpo, excessivamente limpo, a ponto de materializar a obsessão. Alguém obcecado com a pureza – morava ali. Era uma espécie de condomínio. Duas quase-casas entrelaçadas, uma para um lado, outra para o outro. À frente deste, duas kitnets, supostamente barracão – palavra ampla, abarcadora. Em meio a estas e aquelas, um corredor levando à casa do dono de tudo, o exigente. Exigia disciplina, respeito e, claro, pagamento em dia. Nada de som alto. Nada de liberdade. Não havia lado de dentro. Tudo era visível – uma vitrine. Não coubemos ali. Éramos muitos, uma multidão. Apesar de apenas três. Menos que três. Vazamos delicadamente, como sombras. Restou a rua.

Vê-la florida, árvore

Mudamos para o outro lado. Na mesma rua. Também tinha uma subida, cansativa. Na esquina, um boteco; depois da ladeira, outro bar. O barracão tinha dois quartos. Pé-direito alto, imponente. Um portão que se abria para os dois lados, dando acesso ao primeiro e ao segundo barracões. Ambos serenos. Depois do primeiro portão, um segundo. Entrando, um meio-fio antigo indo da frente até uma lavanderia, lá no fundo. À porta da sala, uma árvore com folhas caindo – o piso de cimento no quintal forrado de folhas amarelas. Vê-la florida, árvore, e saber que a chuva vinha! Dentro, o piso de taco na sala e nos quartos. No início, o sofá confortável do fotógrafo, reformado, com suas listras verdes. Na cozinha, o armário azul, usado. Um dia, o aparelho de som Philips com toca-cd. Ficava no quarto de solteiro. Um dia a piscina de plástico, os meninos ali. Depois a primeira televisão, também Philips, na sala. Depois os móveis de sucupira. Depois a construção de um novo quarto, lá fora, a biblioteca. E os churrascos, os churrascos, os aniversários, os aniversários. O tempo passando, passava. Parecia que éramos felizes – quem sabe. Um dia, estranhamente, partimos.

Onde tudo era infinito

Chegamos, então, à cidade – depois das margens. Também tinha ladeiras, extensas. Para chegar, sair. Ficava depois de uma, à beira de outra. Era um apartamento. Alterava a ideia de morar. Fragmentava, reduzia, afastava. Tinha três dormitórios. Num deles, os livros se abrigaram. Tinha uma sala ampla, conjugada, com uma porta-janela para a rua. Os móveis de sucupira ficaram à vontade. Parecia perfeito. Não tinha luz, ainda – demoraria dois dias para chegar. Não importava. Era um apartamento. Primeira locação. Da varanda, uma paisagem. A cidade não estava totalmente ali. Ou as margens ainda resistiam ali. Contra elas, alguns prédios se apresentavam. Logo, a paisagem seria danificada. Mas estávamos do lado de dentro, onde tudo era infinito. As noites, as noites – a serenidade, o aroma de mato. Tanta música, tanto vinho, tanta poesia. Até que a pia começou a se entupir, a rede de esgoto começou a se complicar, começou a faltar água. As brigas no andar de cima, discórdias com vizinhos dos lados. Tudo se despencava. Não dava mais.

Alcatraz

Do outro lado, na mesma região, um condomínio fechado, bastante seguro – diziam os especuladores imobiliários –, com guarda e quadra esportiva. Podíamos mudar imediatamente pra lá, em um mês ou no máximo dois, ou no máximo três, conseguiríamos um financiamento pela Caixa e ficaríamos livres do aluguel para sempre. O sonho da casa própria! Era um apartamento pequeno, térreo, mas suficiente para um casal com dois filhos. Não caberiam os móveis de sucupira. Mas móveis... Uma tarde, na Afonso Pena com Bahia, comprei mesa, sofá e um bar para a nova sala. Tudo preto, clássico, metalon e vidro [pensava contra mim mesmo]. A televisão no suporte, os livros amontoados num cubículo. Gente passando e olhando 24 horas para dentro do apartamento. Dias tristes, tristes, tristes. Uma prisão: alcatraz. Tarde da noite, eu-prisioneiro de um sonho, retornava. E o financiamento nunca chegava, nunca chegou. Partimos, partidos.

4. ACERCAMENTOS AO INIMIGO SOMBRIO

1.

Quando a vida se torna insuportável, voltamo-nos para aquilo que nos dá algum alento, ou já nos deu. Voltamo-nos para a literatura, por exemplo, para livros e autores. Nesse momento, tendemos a encontrar um sentido enorme na vida, mas que raramente dura muito tempo. Não conseguimos manter por muito tempo esse sentido porque aquilo que nos deu tanto alento em várias fases da vida já não nos chega, no presente, isolado, como uma espécie de absoluto, como algo que se justificava por si mesmo. As Primeiras estórias de Rosa, o Cemetière marin de Valéry, as Ficciones de Borges - tantas coisas - já não correspondem à totalidade do mundo, do nosso mundo. O mundo é mais extenso, e, pior, mais complicado. O ideal seria se restringir ao nosso mundo - ao mundo da literatura, ao mundo da religião, ao mundo da filosofia etc -, mas uma característica do mundo real hoje é a invasão agressiva de todos os mundos particulares. |

2.

Não sei por que, ao refletir sobre literatura, logo me ocorre falar do mundo, falar da literatura em face do mundo, como se, para mim, só fosse possível falar de literatura *com* o mundo, pensando no mundo. Sou, afinal, metafísico?, um doente metafísico?, talvez - pergunto, pergunto-me, ou apenas cogito, assim, meio assim: um doente metafísico (é, pensando bem, parece uma boa frase), a literatura, para mim, diria respeito às coisas primeiras, ao fundamento? Certamente não, ou certamente, sim. Explicar-se não é, nunca foi, nada é fácil. Preciso refletir mais a respeito disso. O certo - ou o incerto - é que, ao pensar em literatura, logo penso no mundo. Um doente metafísico. O que vem a ser isso?

3.

A um doente metafísico,em pleno século 21, tudo que se pode dizer é que lamentavelmente não há nenhum remédio disponível na farmácia de Platão, tampouco na de Derrida. Não foi uma boa ideia, portanto, estar doente, isto é, começar a fazer perguntas, desejar conhecer o que está por trás das aparências, sair à procura de essências. Há apenas aparências atualmente - e a literatura, que é um mecanismo de atualização, apenas explicita essa realidade. Toda literatura é, por isso mesmo, realizante, fundamentalmente vinculada à realidade, e nós é que, opondo literatura e realidade, resvalamos para a terceira margem - caminho sem volta, impossível. Mas, para além da razão cínica de cada dia, nada se escolhe neste mundo - e as perguntas explodem.

4.

Ninguém deve se envergonhar de dizer certas besteiras, como esta: é difícil dizer o que queremos dizer. Tipo de besteira bastante inteligente, que pode ser, inclusive, defendida com apoio em ninguém menos que Lacan: a linguagem é a besteira, isto é, aquilo que vem da besta, do animal. Que seja, e o é de modo intrigante: animalisamo-nos, saímos das amarras da condição humana, ao dizer tal besteira: é difícil dizer o que queremos dizer. O que quero dizer, por exemplo, ao dizer que nada se escolhe neste mundo? Não sei exatamente, mas algo como: somos resultados de forças e contraforças que atuam o tempo todo sobre nós, que nos comprimem, nos oprimem, nos deprimem desde quando começamos a estar no mundo, desde quando nos adequamos a uma determinada lógica, desde quando começamos a nos relacionar com o lado de fora de nós mesmos
desde então, não temos sossego.

5.

E é precisamente aí que começa o mundo, quando nos descobrimos envolvidos, imbricados, misturados. Sair, distanciar-se, vai-se tornando cada vez mais impossível. Estamos presos. A consciência de não ser livre, ou totalmente livre, é o princípio de materialidade do mundo. Não se trata, ou não se trata mais, de uma questão de ideias, de mera filosofia, mas de uma questão de vida - e morte. A literatura - tudo aqui tem a ver com isso - aparece, então, como uma possibilidade de reconciliação com o mundo. É preciso reconciliar - pensava Hannah Arendt - com aquilo que nos dilacera, reconciliar no sentido de compreender o que é isso que nos dilacera. Sem reconciliação, passaremos a vida em guerra contra um inimigo que sequer conhecemos claramente, um inimigo sombrio.

6.

No início, há todos os caminhos; no meio, alguns caminhos; no fim, parece que só resta um caminho que vai-se estreitando, desacontecendo. Tanto faz ser ou ter sido determinista,fatalista, chegamos a uma condição que, sem dúvida, não corresponde exatamente ao que pensávamos sobre nós mesmos. Como estamos distantes do que éramos!, é uma constatação inquietante que fazemos no presente. Mas esse distanciamento se processou, paradoxalmente, porque queríamos ser no mundo exatamente aquilo que, segundo nós mesmos, éramos no mundo - estranhos. Queríamos que o mundo fosse tão estranho como éramos, queríamos converter o mundo em "meu" mundo, mais do que em "nosso" mundo até. Não tínhamos qualquer preocupação retórica, éramos decididamente igorantes, inimigos declarados do inimigo mundo.

7.

A literatura - e as artes e o pensamento de um modo geral - pode viver confortavelmente distante do mundo das coisas, alienada. Mas será uma vivência sem qualquer importância, uma espécie de morte. Para chegar a ter importância real, é preciso que a literatura se aproxime da vida como ela é, assuma um caráter mundano - ainda que nada disso seja consensual, objetivo, contratual. Nessa aproximação, é grande a possibilidade de a literatura não se suportar, entrar em crise, esfacelar-se. Por isso mesmo costumamos ter, desde o início, uma preocupação excessiva com a literatura, uma disposição para cuidar da literatura, como se esse fosse o nosso destino. A literatura passa, então, a ser um nome para uma entidade sagrada, que precisa ser apenas reverenciada. O que está por trás, no meio e na frente disso?

8.

Interessante que eu, logo eu, pense em literatura, ou querelas literárias - como podem dizer desdenhando os cínicos -, interessante, para não dizer estranho. Se me encontro do lado do mundo das coisas, envolvido em relações viscerais, o ideal seria esquecer a literatura e toda e qualquer dimensão subjetiva. Mas o fato é que sempre vi e continuo vendo a literatura como algo *dentro* do mundo. Dante é um exemplo fatal da mundanidade da literatura, Goethe não menos, Cruz e Sousa, totalmente. Há, então, uma discórdia entre aquilo que sinto como literatura e a série de valores que nos impõem como literatura. Internalizamos - à força - essa série de valores como sendo a literatura, e é justamente essa série de valores que reverenciamos no lugar da literatura. Essa série de valores realmente tende a se esfacelar no contato com o mundo - não com a realidade.

9.

Então, oponho mundo e realidade, gosto de opostos. Gosto? Já nem sei. Digamos que esteja aí, às claras, essa oposição - parece-me que está aí. A realidade é um recorte do mundo, um formato, um traço - arbitrário, como não poderia deixar de ser. Há, por trás disso, algum, alguns responsáveis por esse recorte - a realidade é o recorte interessado do mundo. Este é aquilo que extravasa a realidade, todas as margens da realidade, as extensas extensões, as contrarrealidades. A série de valores, que nos impõem, impuseram, como sendo a literatura, expressa apenas o ponto de vista dos que recortaram a realidade *no* mundo. A literatura, representando essa série de valores, é uma simplificação do mundo. A literatura mesma, portanto, é uma transposição da realidade, uma desrealização da realidade, um movimento de instauração do mundo.

10.

Há uma passagem de Deleuze, nas suas Conversações, das mais marcantes: nós perdemos definitivamente o mundo. Volta e meia essa frase ressoa nos meus ouvidos. Fico me perguntando o que quer dizer isso para além da Geração 68 francesa, à qual o pensador indomável está vinculado. Perder o mundo ainda em vida, sem ter, aparentemente, saído do mundo. Então, estar vivo não corresponde a uma relação de pertencimento com o mundo, a ter o mundo. Pode-se estar vivo sem ter posse do mundo, estar vivo e sem mundo. Mas houve um tempo em que se teve o mundo, em que o mundo era nosso. Depois, chegou um outro tempo em que perdemos definitivamente o mundo. Mas - e isso é intrigante - é possível que muitos estejam no mundo com o sentimento de que perderam o mundo sem nunca terem tido realmente esse mundo, sem nunca terem chegado ao mundo. Quem são eles?

11.

O mundo não existe para quem trabalha de sol a sol em lavouras de café do sul de Minas Gerais e de arroz na China, para quem passa a noite cozinhando carvão no Jequitinhonha ou fugindo da morte nos matagais de Darfour, para quem tem que enfiar a cara no crack ou vender o sexo, ou tudo ao mesmo tempo e mais, para sobreviver nos grandes centros urbanos do país. Não podem perder o mundo aqueles que nunca tiveram o mundo, enquanto uma totalidade inteligível, que sempre estiveram alijados do mundo, mas que sempre estiveram em busca do mundo - afinal, por que se mover, de qualquer forma, se não for por uma complementação?, de tal maneira que todo movimento é denúncia de um malestar no "é", no agora. Não podem perder o mundo, portanto, os pobres, os negros, os judeus, os islâmicos, os loucos, os doentes, os índios, os aborígenes, as mulheres, os pigmeus, os comunistas, os poetas - eles ainda não chegaram ao mundo.

12.

Chegar ao mundo - chega-se ao mundo. Dizer isso pressupõe que não se está naturalmente no mundo, que está-se distanciado do mundo, sem que se saiba, também, onde realmente está-se. Pode-se discorrer sobre isso, claro, recorrendo a toda a tradição metafísica, e tudo resultará apenas num insolúvel problema metafísico. Nossa perturbação, minha, é mais material que essencial, deriva do estar situado para além da essência, como pensava Emmanuel Lévinas no seu Autrement qu´être ou au- delà de l´essence, diversamente sendo. Chegar ao mundo é participar da essência do mundo, compartilhar dessa essência, converter-se, no limite, à essência-mundo. Essa essência, definida antes da nossa chegada ao mundo, aprioristicamente, antes da nossa experiência do mundo, portanto, é a negação do que realmente somos.

13.

Há um descompasso, uma desarmonia, entre o que realmente somos e o que o mundo realmente é. Não somos o que o mundo nos obriga a ser na cotidianidade, nem o mundo é o que desejamos que ele seja. Desde que nos entendemos por gente... - como esquecer desta frase? Marca dois momentos: um em que não nos entendíamos por gente, outro em que passamos a nos entender por gente. Diz ainda que houve um tempo em que não éramos gente, tempo sobre o qual não temos o que dizer, tempo esquecido. O que éramos, então, quando não sabíamos que éramos gente? Ainda não tínhamos chegado ao mundo, ainda não tínhamos aceitado o acordo - prescrito pelos donos do mundo - para se estar no mundo. Desde que nos entendemos por gente, estamos numa profunda desarmonia com o mundo. Uma voz apenas como exemplo, e basta, vontade de viver mais/ em paz com o mundo e comigo, é Chico César.

14.

Estamos em guerra com o mundo desde o início, até mesmo os mais apaziguados, ou, principalmente, os mais apaziguados, sempre em guerra íntima com o mundo, dissimulando seus conflitos para que ninguém fique sabendo, até a hora da explosão final, falência total dos órgãos, perda total de tudo. Lembro-me, após recordar o extraordinário trovador paraibano, do poeta Waly Salomão gritando num evento, poucos meses antes de morrer: que paz o quê? Poesia é guerra! O slogan do evento era "poetas pela paz" - yorubárabebaiano Waly. A guerra, a desarmonia, com o mundo é uma forma de se resistir a converter-se em essência do mundo, em ser o mundo estabelecido pelos donos do mundo. Desde que nos entendemos por gente, estamos perdendo essa guerra, caindo e levantando e voltando a cair até o dia em que o mundo nos impõe a pena capital - nossa dignidade consiste em não entregar os pontos.

15.

Como definir esse inimigo sombrio? Passamos a vida embaraçados nessa situação. Temos um nome - mundo - que sempre ultrapassa nossa percepção, que sempre extravasa - é tudo, é nada. O nome "mundo" não é exatamente a coisa "mundo" - há uma inadequação. O sombrio, o que encobre o inimigo com que lidamos, é a marca dessa inadequação. Investir contra esse dado sombrio, dissolvê-lo, é enfrentar o inimigo. Sem enfrentamento, sem uma atitude decidida, não é possível compreender o inimigo. Enfrentar é, desde o início, compreender. Compreender o que nos confronta - o inimigo mundo. No meio da vida, imersos numa permanente desordem, tudo que temos a dizer é, de modos diversos, sobre o drama dessa relação.

5. TRANSCONTOS DESNARRATIVOS

As maçãs

Suponhamos que havia muitos anos que esperavam por aquelas maçãs, diariamente reparando os caminhões passando carregados. Mestiços do Mucuri - nutrição, tanto quanto desnutrição, também é uma questão étnica. Ali estavam, pois, entre chorar e devorar - e, se chorassem, a polícia, as ongs, os políticos, podiam chegar. Toda uma geração, inúmeros, tornou-se impossssível discutir questões de direito. Uns queriam caixas, e se lançavam de qualquer jeito, outros queriam apenas umas cinco unidades, mas também estavam afobados, queriam comer na hora, com as mãos sujas, lambendo os beiços. No fundo, havia um consenso em torno de uma espécie de significado do paraíso, o que era isso em termos estomacais. Antes era, e depois também seria, apenas a vontade, sempre em suspensão, de comer maçã - o inferno do desejo. Estavam saboreando as maçãs, e gostariam muito, muito mesmo, que o motorista também participasse da ceia, enchesse a cara. Olhando nas ferragens, concluíam, pensando com ciência, que o motorista não se sentiria bem, ficaria com pena do dono da firma, sentimento de trabalhador, deixasse ele lá, pois, esmagado. Como esperaram por aquele milagre mediado por um desastre! Finalmente, Deus.

O retorno

O difícil era mesmo retornar. Ir não era tão fácil, mas até certo ponto era mais fácil. Mas retornar... difícil, como?. Havia muitos caminhos. Todos iguais e diferentes. Deveria escolher um deles, e caminhar. Estava a pé. Mas isso não significava nada. Se estivesse a cavalo, também sentiria a mesma dificuldade. Não sabia o que era andar a cavalo, mas sabia que também o cavalo faria o mesmo movimento de um lugar a outro. Qual? Teria que escolher entre muitos, não poderia escolher todos os caminhos. A pé, o fato de não dispor nem mesmo de um cavalo, situava a questão mais diante dele mesmo. Poderia andar menos ou andar mais. Poderia chegar facilmente aonde ia. Poderia se perder e não chegar a lugar nenhum. Era preciso escolher em face do próprio pé. O pé era, sem dúvida, um parâmetro fundamental nessa escolha. Estava a pé. Se tivesse pensado nisso realmente, não iria. Mas quando se quer ir, não se pensa tanto. Exatamente porque se sabe que não se vai. Exatamente porque se sabe que se fica no pensamento. Então, não pensara realmente no retorno. Tinha ido, e estava na hora de retornar. A pé. Ouvindo o próprio caminhar. Estaria sozinho por um longo tempo. Como isso lhe causava apreensão! Sozinho no caminho. Qualquer que fosse o caminho escolhido. Àquela hora, havia outras pessoas caminhando. Mas eram outras pessoas. Não o veriam. Também estariam sozinhas, ensimesmadas. Estaria sozinho. A pé, sempre se está sozinho. Inútil tentar se aproximar dos outros ao seu lado, também caminhando a pé. Estariam, a pé, encerrados numa distância intransponível. Ficaria em silêncio. O tempo todo caminhando em silêncio. Compenetrado em si mesmo. A apreensão se convertia em terror. Retornava ao mundo de onde tinha partido. Era melhor ficar ali. Parado. Olhando.

Os inodoros

Entrou, como quem não queria nada, e nada disse. Tinham respostas para perguntas que faria. Sabia, e por isso mesmo se desviava deles. Não queria respostas. Perguntas? Já não tinha tanto interesse pela vida. Que ficassem com todas as respostas e perguntas em todas as suas variações. Tentava ver por cima deles, para além daqueles rostos previsíveis. Sentia alguma coisa, por certo, que passava por ali, mas não se restringia àquilo ali. Não estava exatamente nele o que sentia, e era um pouco da razão daquela chegada. Súbito - segurando nas cadeiras, como quem deseja atravessar, seu jeito estranho de chegar. Mas estranhavam, estranhavam. Ele não era ele. Menos e mais, aquém e além. Estava fora de si mesmo. Mas era exatamente a resolução desse problema que interessava. Pensavam assim. Eis que a diferença irrompia nele como tal, uma desproporcionalidade. Caberia pensá-lo, talhá-lo, contê-lo. Novamente. Mais um dia. Tabalhar. Era uma questão de trabalho. Trabalhadores trabalhando seus semelhantes. Tinha um problema de funcionamento. Stress, stress. Mas ele precisaria responder a impulsos lógicos, tudo é uma questão de lógica, lógica da vida. Na escala dos interesses, não da verdade. Ele, intransitivo, desinteressava-se pelo entorno. Ali estavam a sua frente. Nem amor nem ódio por ninguém. Respeito, óbvio, por qualquer coisa - deixa a coisa aí! Não viraria as costas. Sala pequena. Aproximava-se cada vez mais. E distanciava-se profundamente. Eram iguais, cópias. Eram terrivelmente iguais, como duas folhas de papel A4. Esforçava-se para sentir algum cheiro. Eram inodoros. Mas eram educados, sem dúvida, por isso ansiavam por suas perguntas ou respostas. Como os feria aquela intransitividade! Ele não estaria ferido. Era o agressor - ele era o agressor. Nele, a humanidade se havia perdido naquele instante. Fera. Não ficariam ali, encurralados. Se tinham feito algo, se lhe tinham feito algo, tudo era justificável. Mas aquela situação era insustentável. Quem é você? Chega assim, de uma hora para outra, e nos olha como inimigos. Sim, eram inimigos. Um. Dois. Três. Todos - um reino inimigo. Não tinha nada mais a lhes dizer. Não eram dignos de ouvir. - Então, vamos almoçar?

-, disse o mais porco de todos.

A proposta

Por aqui não acontece nada. E é por isso, por isso mesmo, está vendo?, que insisto em escrever. Há muita gente interessada em nada. Que nada aconteça. Que ninguém diga nada. Que todos fiquem em silêncio. Ou que todos digam futilidades. Dá no mesmo. Sempre se vai de nenhum lugar a lugar nenhum. Mas chega-se, assim, àquele lugar, àquele. Você sabe. Sabe bem onde fica. Aí. Esse lugar é político por excelência. Por isso mesmo censurado. Por isso mesmo intocável. Estremeceu, civilizadíssimo à mesa, diante daquela proposta. Enfiar o quê? É. Perigoso. Escandaloso e perigoso. Mais perigoso que escandaloso. Seria a revolução já. A frase, o berro, a frase berrante, tocava nessa imagem da intocabilidade. Dedo na toca. Enunciar o nada, provocar o desconhecido, tem dessas coisas. Desconcerta a ordem. Qual? A de cada um, obviamente. Não a ordem geral, a bandeira. A ordem interna. A que cada um internalizou. E daí a dificuldade de destruí-la. Sua destruição é a destruição da casa de cada um. E a casa, você sabe, é a vida de cada um. Destruir a casa é destruir a vida. A casa é a ética. Destruir a casa é destruir a ética de cada um. A casética, ou a éticasa, é um exterior no interior de cada um. Por isso mesmo, Sr., é preciso destruir a casa, a ética, a ordem, o interior para que algo, finalmente, possa acontecer. E o alvo, o ponto nevrálgico desse processo, é a ordem. A ordem que barra acontecimentos. A ordem que nada deixa acontecer.

Mas o que acontecerá? Esse, aquele, estarrecimento diante da frase. Havia algo de coisal. Havia um sentimento de coisalidade. O mundo estava perto - no dedo. Agora tudo é discurso. Performance. Escrever é denunciar isso. O quê? O distanciamento do mundo. O desligamento, o desvanecimento disso. Estávamos ali - dentro do mundo. Tudo era muito sujo, vivo. Agora, nada.

A ameaça

Era preciso encontrar os pontos que ameaçavam o projeto, isolar um por um e submetê-los a uma análise rigorosa, ter clareza absoluta sobre causa e efeito de cada aspecto da questão, não deixar nada escapar, nada mesmo, qualquer vacilo poderia ser fatal, levar tudo pra água abaixo, entenderam?, e olhava como quem já sabia o tipo de reação que suscitaria naquele momento, deixaria os interlocutores surpresos, até perplexos, não tinham conhecimento profundo sobre construção de solidez, como algo nasce e cresce e cresce, sempre cresce, só cresce, como se negócio não fosse, como se fosse, na verdade, uma espécie de natureza, tão natural quanto a que encontramos no mundo, sem marcas de artifício, confundida com a percepção das pessoas de tal forma, de tal forma, vejam bem, que todos acabam trabalhando para o seu crescimento, para o crescimento desse mundo maravilhoso, todos felizes, todos sorrindo, rico ri à toa, mal sabem que, que, não, sim, a questão aqui é exatamente como não deixar que algo menor, insignificante, atrapalhe o projeto, eliminar, antecipadamente, quaisquer possibilidades de fracasso que possamos encontrar pela frente, elementos que possam inviabilizar o alcance dos nossos objetivos, que são muitos, devidamente distribuídos no tempo, curto, médio, longo prazo, o que queremos, afinal?, vocês sabem, sabemos, por isso estamos aqui, o que queremos justifica todo o sacrifício deste momento, é assim mesmo que as coisas começam, daqui a alguns anos, já com a solidez do empreendimento totalmente garantida, à medida que esse projeto fizer parte da vida cotidiana das pessoas, tornar-se um mecanismo de respiração, é, é assim mesmo, poderemos dizer, orgulhosamente, o quanto valeu a pena esta tarde de reflexão sobre aquilo que ameaça nosso projeto, foi pra isso que vieram aqui, não é mesmo?, a ameaça, acalmem-se.

O depósito

Chorava copiosamente, e não era um romance alencarino. A realidade, daquele jeito, estava ali. Bem de frente - ali. Olhava para ela como quem não pudesse fazer mais nada. Tudo estava feito, não tinha como refazer nada. Precisava aceitar que tinha acontecido. Ninguém acreditaria se tentasse dizer que não, que não lhe dizia respeito. Aquele olhar era uma forma de consolo: as pessoas erram, sabe como é, nunca estão totalmente concentradas em suas tarefas, cada vez mais atarefadas, mil coisas, stress, stress. Seu erro tinha sido dos mais humanos, precisava entender isso, nada de mais, apenas um vacilo. Não podia insistir em dizer que não tinha errado, tinha sim, e agora era o momento de reconhecer. Reconhecendo, assumiria a responsabilidade por aquilo. Tinha direito a contar sua versão, claro, claro, mas não destituiria o fato do lugar onde já estava alojado. Ela, a atenciosa atendente, estava ali para ouvir. Bebe água, bebe. Como não tinha nada dentro do envelope quando o abriram à noite?! Estava lá, ela mesma tinha se encarregado de organizar tudo, temendo exatamente que algo acontecesse, algo que jamais pudesse acontecer. Consultem as imagens de ontem, já foram consultadas, não apareço lá?, não temos certeza, como não?, estava muito cheio, uma multidão de gente, estive bem ali por volta de três da tarde, quero ver as imagens. Claro, poderiam permitir que visse as imagens, mas elas acabariam até por complicar a situação. Gostariam de pensar, para o seu bem, que talvez não fosse ela a única responsável pelo fato: alguém teria colocado o envelope em seu nome, digamos, uma hipótese, que alguém tivesse feito isso, normal. O importante mesmo não era o fato de ela aparecer ali efetivando o procedimento, tudo muito superficial, mas a qualidade da substância do procedimento. Tinha que pensar nisso, na qualidade daquilo, não na quantidade que estava em jogo. O envelope estava vazio, vazio, completamente vazio, sem nada, um absurdo! Quem acreditaria nela? Imagens, imagens! Melhor acabar tudo ali. Bebe mais água, bebe.

Entranhas

Erra. Você não pode acertar mesmo. Desiste disso. Continue errando. Experimente errar de maneiras que ainda não errou. Errar é uma questão de maneira. Não de mania, como você quer pensar, às vezes. Essa sua pressa é sempre problemática. Talvez seja mesmo a fonte fundamental do problema. Você é muito impulsivo. Você não aprendeu com ninguém. Nem mesmo trouxe do seu berço. Sim, digamos que você queira fantasiar um berço como parte da sua origem ursprung. Você é excessivamente educado. Precisa errar mesmo até atingir um outro jeito de ser, mais certo sobre o que não é. Você tem muita certeza, barreira. Somente errando chegará lá. Siga por aquela rua, está vendo? Vá indo, indo, indo - até chegar lá na frente. Quando estiver perto da Estação da Luz, não olhe pra trás. Você precisa entrar mais na cidade desconhecida, descer, girar, sentir. Você precisa conhecer um pouco do seu desconhecimento. Daqui de cima, tudo é muito triste. Há que encontrar a noite onde ela se perde - pense nisto como uma verdade orgânica. Encontrar, há de, não para nomeá-la, mas para perder-se com ela, nela, em tudo. Quando a encontrar, deixará de ser totalmente você no mundo. Não há dúvida, consciência, que seu medo reside aí. Mas você precisa enfrentá-lo, sob pena de não chegar nunca a lugar nenhum. Lá, onde você nunca esteve, tudo são entranhas intramundanas a sua espera. Para que tome parte, tem que atravessar o todo em que todos, tudo, perdem- se. Natural que você não encontre o caminho: ainda não inventou esse caminho. Não tem caminhado - tem pensado. Errar é isso. Não pense que possa ser outra coisa. Pensar é.

A oferenda

Veja!, e depois me fale o que achou. Deixou sobre a mesa e foi saindo. Nunca mais voltou. Não sei aonde andará, se continua vivendo por ali. Minto: fiquei sabendo outro dia que continua vivendo por ali, que ainda anda na noite. Talvez não seja tão difícil sua localização, o mundo é pequeno, cada vez mais, as noites sóbrias. Não sei exatamente o que lhe diria, sempre me vem à lembrança a enfermidade daquele nosso amigo. A oferenda tinha a ver com ele, com o fim do século passado. Nunca soube por que eu, tão distante, deveria ver. Tampouco soube por que deveria falar sobre o que veria. Não sei se me ocupei dessa questão objetivamente naqueles dias, eram tantas coisas, tantas pessoas, tantas imagens. Mas agora, aqui, tudo chega a me intrigar. A força de uma intriga é o que há de mais intrigante num sujeito. A ponto de chegar a não haver mais autonomia do que intriga nem do que está intrigado. Devia ver. E, num tempo, vi. A primeira vez foi como se já tivesse visto, e fiquei pensando se tivesse sido como se jamais tivesse visto. Sentir isso era algo bastante óbvio, coisa de quem está cansado de significados. A segunda vez foi como se eu tivesse passado a vida inteira evitando ver o que via ali. Passei alguns dias inquirindo o que estava por trás da natural resistência a tantos encontros, refletindo sobre a razão de tantos desencontros. E então, na terceira vez, comecei a compreender que não havia distância entre ver e ser naquele instante, que tudo se amalgamava numa mesma instância, numa noite-viver. Evidentemente, eu me havia resgatado do fundo de um esquecimento involuntário, reencontrava-me depois de tanto tempo naquele olhar, especialmente. Lá, no lado de dentro da noite, o desamparo era uma forma fundante de conhecimento. No limite, a morte. Inútil, dolorido, tentar explicar acontecimentos, encenações de um mundo inexplicável. Apenas ver, devia ver. Viagem do século XX.

6. A VELOCIDADE INTERIOR

Naquele ponto quando o metrô vira aquele barulho que não é do presente da cidade se virando por todos os lados um céu de espaços que se abre sobre o tempo vidraças que passam
fechadas por fora

#

Alguma coisa se ergue sobre as costas da velocidade ali quando o metrô vira palavras se despedaçam no centro da cabeça sons furam pensamentos dentro do ouvido

#

Estou só e o dia é aquilo que vem vindo do corpo que sai da terra para o ar algo se eleva saltando para trás para trás aquém de tudo são ecos de uma voz foz de

#

Todo silêncio estoura o metrô acelera sobre os trilhos e é uma história que se move entre as mãos duras dos sentidos querendo se abrir ser o azul da lona de um circo que circula

#

a sombra do corpo há um momento em que o vocabulário desta pele é um carvão invisível e estou dentro deste tremor do sol ofendendo a fachada dos prédios vidros se quebram

#

no lugar mais nu do olho dizer o que se passa em imagens deterioradas tudo se acende naquele instante do percurso veredas de estrelas mas trevas trevas de pobreza as ruas

#

se fazendo 7 a manhã quando o trem chegava agora o metrô chegando paisagens entre paisagens ficavam ficam agora aqueles rostos danificados corpos mal dormidos tantas malas de

#

ilusões demais sair para outro tempo irromper horizontes agora aqueles coisas dois tempos rolando num cinema mudo apertar os olhos na janela espremer a cidade e sangrar o ódio

#

da manhã se misturando no orvalho desferir gritos
na língua rasgada dos camelôs eu vi uma criança que
o metrô veloz deixou para trás acenando na estação
andando pelos trilhos

#

pisando na brita furando os pés ninguém viu aquela
cena da cidade sufocando aquele chaminé veia artéria
amarrando uma corda na garganta ninguém filmará
porque tudo passa
rápido dentes cravando a lembrança dentes roendo a
margem dentes furando a gengiva da cidade quando
o metrô vira os cabelos e é memória livro que se abre
e se fecha num

#

segundo livro que se olha num terceiro livro que é a
cidade se lendo você é um passageiro que não passa
sentado na página de todos os tempos sua linguagem
escorrega por entre

#

os dedos escama de peixe de seda no rio em que nada o próprio nada virando-se enquanto a máquina vira para comover o progresso e você deve se virar entre a solidão de cada um

#

desses inimigos de si mesmos enterrados em cada carne apagados em cada sala depositados em lugar nenhum num outro tempo que se estende quanto mais é empurrado para trás

#

canas fumaça lona preta o trem vinha dentro da mata lentamente o peso das coisas aquele suor descendo na cara cabeças ardendo ao sol eu vi a fome uma criança no meio

#

do canavial a lama fedendo seu nome era fome quando o metrô vira um facão corta o pulso da palavra vem o silêncio olhar o silêncio vindo descer dentro do silêncio indo moendo

#

dentro do silêncio 12 horas vomitando o lado mais profundo das coisas peles negras se arrastando entre merdas laranjas podres na boca tudo dispara contra o vidro e você mergulha engolindo
tudo que

#

sente voltando em cada coisa que passa lendo o dia partido ao meio tudo estrala rodas deslizando em alta velocidade tempo vazio aquele para além dos apartamentos muito

#

abaixo dos escritórios de advocacia aberto numa língua sôfrega dente de uma carne velha rindo no lado mais sujo da vida tudo enche sua boca de ódio e você vomita tudo enche

#

sua boca de nojo e você vomita a cidade se move sem olhar para sua cara cavalo inútil pessoas que não sabem que você existe coxas que gozam indiferentemente músicas que

#

tocam para outros ouvidos mais importantes o mundo gira mesmo que seus braços não sintam o metrô corre você se volta à procura do que não quer passar contracorrente sem

#

ouvir e ouvindo sem comer e comendo sem olhar e pensando uma criança canta por trás das palavras que não existem ninguém ouve ninguém ouvirá a televisão ligada os gols de
ontem

#

o sono depois do almoço a sesta dos miseráveis farinha saindo da boca mosquitos passeando nos lábios suor que se mistura que

#

se mistura com lágrimas a garganta da infância
entalada na
farofa

#

mas ninguém ouve e o metrô embala o instante cresce pesa a cidade nasce às avessas barulhos ultrapassam o vidro carros que pisam no peito pessoas esmagando sombras para o futuro do

#

cansaço de ouvir os gritos de um ouvido se afogando em si mesmo dentro de outros rodas de ferro beijando o ferro sol atirado na calçada quebrando os dentes mais íntimos enquanto

#

um rádio corta a escuridão acordes desafinados aquele rato que rói o corpo do tempo a roupa ficando podre no jirau tudo nascendo para o fogo eu dentro das brasas para uma música de pedradas

#

futuro 3 da tarde andando entre os trilhos o metrô no instante em que o mundo vai girar uma criança olhava via um trem esmagando as horas boi dentro da chuva a noite que cai na tarde ainda

#

aquele que não consegue sair do vagão em que entrou floresta agora que se comprime todos fora um olho preso que olha olha
olha

#

vem vindo ali um dia a praça o pai quando o tempo era quando e a tarde era livre naquelas passagens sim tudo longe o longe de uma fotografia se fazendo por trás do parque dos sentidos

#

mas agora a luz vai caindo palavras na ânsia de dizer e parando entrando para dentro vidas que se cansam e vão sumindo imagens de um rio que vai secando chega um ponto em que as
margens se perdem

#

morro que já não se pode ver linhas de água passando como insetos brancos na cal um silêncio que grita no barulho uma criança na plataforma mirando os trilhos

#

a noite o metrô alguém o tempo a cidade ninguém pessoas que não vêem nada tudo fechado num cemitério ambulante só você olhos a se rasgar na janela da angústia

7. NOTAS MARANHENSES

30/06/14 – 17:08
Voltando de Barra do
Corda para São Luís num
microônibus apertado.
Tenho vontade de escrever
um pouco disso tudo que
sinto. – 17:14 Chove
de certo ponto para
cá. Paramos num lugar
chamado Mirante do Norte.
Todos os lugares são muito
pobres por aqui. – 17:22
A pobreza material, nas
casas e nos rostos, diz
que estou num outro país
associado ao Brasil apenas.
– 17:30 Uma associação
forçada. O Maranhão
é um outro território.
E como o que vejo se
complica quando penso
nisso! – 17:38 As palmeiras
altiva s de Gonçalves Dias
multiplicando-se pelo
descampado!
Duas paisagens se
confrontam o tempo
todo. – 17:46 A pobreza
maranhense é uma
paisagem artificial, que
destoa tristemente de todo
um fundamento natural.

– 17:54 Tudo me vem por um prisma de beleza contraditória, certamente porque sou do sertão mineiro, tudo me é muito íntimo. – 18:04 A começar por este fim de tarde humilde, compreensivo, sem rumo. Nunca estive aqui e parece que nunca saí daqui. Estranho. – 18:15 A noite vai caindo pela estrada. O microônibus trepidando e o sono já não me permite escrever neste suporte desconfortável – um minicelular. – 18:46 O sono se esvai e as impressões maranhenses me tomam novamente.
Não vejo mais nada. Tudo é escuro. A geladeira móvel segue aos tropeços. – 18:57 Estamos adentrando São Luís, postes de luz aparecem, escrevo com o celular dentro do chapéu para não incomodar, com a luz da tela, a passageira ao lado.

AS SUAS ESCRITAS

As suas escritas

Para Fátima

Mas Sr.,

sei o quanto suas escritas são importantes para sua existência, não posso incomodá-lo com minhas conversas, como se elas tivessem algo a mais que a lentidão, o peso de passado, minhas conversas sem fim, vazias, repletas de vazios, sem pensamento, nada de útil, conversas, nada mais. Preciso deixá-lo em seu canto com suas escritas, desolado em seu canto, impressionado em seu canto, longe de todas as coisas, perdido entre palavras, esquecido no seu mundo, esse mundo fechado, profundamente silencioso (eu sinto a presença desse silêncio na sombra quando me aproximo), seu mundo, esse mundo seu, fechado em si, coisa de espuma,

... sou uma nódoa, alargo-me quando sento, mancho

: por outro lado, no centro, aquele tempo seu tempo sensível a um toque de unha, onde não há lugar para mais nada além da alma e a noite, a luz, a noite e a alma. Talvez ali alguém se sinta sozinho, quase triste, mas é preciso manter distância, desconfiar, não falar nada, sair pela mesma porta que entrou, esforçando-se para pensar que não viu nada, que foi apenas impressão, que não havia dentro daquela sala um homem concentrado, mirando uma tela, imóvel como um olho de...

A bem da verdade, nunca gostei de olhos. Sempre evitei olhar olhos. Olhos nos perdem. Eu nunca quis me perder. Talvez por isso estivesse me crescendo um longo medo de visitá-lo: vê-lo tão olho, tão distante, tão imenso. Sim, todo olho é infinito, e eu não suporto infinidades, suporto as coisas curtas, que vão e voltam para si num segundo, sem delongas, sem degredos.
Foi indo eu não conseguida mais vê-lo, aquela bruma que o envolvia, aquela sombra baixa, aquela nuvem cheia, e isso estava atrapalhando me ver, estava vendo demais aquilo ali, tudo ali. Não podia falar para não fazer barulho, não podia respirar, porque tudo ali é barulho, tudo ali é silêncio, e suas escritas precisam do silêncio.
Volte para suas escritas, que alimentam sua vida, que eu preciso ficar com a vida, que é analfabeta. Adeus, Sr. Deixa eu com minhas conversas. Eu e eu. Menos eu mesmo. Obrigado por me esquecer. Adeus.

[retornei para casa pensando nisto. De repente, dei por mim que não havia saído. Há muito tempo não saio, senão para dentro, o que não quer dizer que entro em algum lugar. Talvez esteja saindo de outra maneira. Preciso repensar antes que me esqueça. Preciso me lembrar do que estou lembrando. Adeus, se é preciso uma resposta]

REGISTROS SOBRE OS REGISTROS

1. A epigrafe foi extraída de *Para a crítica da economia política,* de Karl Marx, em tradução de José Arthur Giannotti e Edgar Malagodi, São Paulo, Nova Cultural, 1991, p. 10.

2. O registro "A casa", dedicado à minha irmã mais nova entre as mulheres (quatro, uma falecida), Zailda Pereira de Oliveira, foi escrito no início dos anos 2000 em Belo Horizonte depois de uma contemplação da casa que habitamos na infância na pequena cidade de Engenheiro Navarro, no sertão mineiro. Essa contemplação deve ter acontecido em 2001 ou 2002, durante visita que fiz àquela cidade, de onde saí em 1986, aos 15 anos. A única publicização desse trabalho foi num evento que organizei em BH em 2002, denominado "As fendas do poético", no Itaú Cultural, com a colaboração do poeta Wilmar Silva. O evento, voltado para a discussão de questões de poética contemporânea, foi estimulado pelo lançamento da antologia *Fenda: 16 poetas vivos*, trabalho sob minha organização.

3. Os registros aqui reunidos sob os títulos de "Os diálogos monologantes", "Dezessete cartas para ninguém", "Os acampamentos insustentáveis", "Acercamentos ao inimigo sombrio" e "Transcontos desnarrativos" foram publicizados no blog www.anelitodeoliveira.blogspot.com nos anos de 2009 e 2010, não chegando a ter publicação em papel.

4. O registro "A velocidade interior", que tenta fundir elementos da minha infância ferroviária (passada em plataforma de estação, caminhadas sobre trilhos, viagens em vagões e curral de ferro, onde jogávamos futebol) no sertão mineiro com o cotidiano de uma Belo Horizonte dos anos 1990 que então se acelerava com a chegada do metrô, foi produzido por volta de 1995. Não teve nenhuma publicização impressa ou digital, mas apenas uma leitura espontânea certa noite – talvez já em 1996 – na casa do poeta Ricardo Aleixo, no bairro Planalto, em BH. Lembro-me que Aleixo, que então se divertia com uma microcâmera recém-adquirida, chegou a gravar essa leitura. Não cheguei a ver a gravação.

5. O registro "Notas maranhenses" resultou de viagem que fiz ao Maranhão em junho de 2014 a convite da poeta Luciana Martins, maranhense radicada em Brasília (DF). Na ocasião, fiz duas conferências sobre poetas maranhenses de minha admiração – Ferreira Gullar e Maranhão Sobrinho –, cada uma na respectiva cidade-natal dos autores: São Luís e Barra do Corda. As "Notas", sem intenção esteticista, são movidas apenas pelo desejo de registrar a condição de produção de escrita como similar à da produção da vida dos pobres.

6. O registro "As suas escritas", dedicado a Maria de Fátima Rodrigues de Oliveira, esposa e companheira há quase três décadas, é um improviso transubjetivo em torno de um extraordinário amigo que tivemos na década de 1990 em Belo Horizonte, nos anos em que moramos no Bairro Industrial. Seo Zé Rocha, esse amigo, era operário aposentado da metalúrgica Belgo Mineira e se dedicava a criar porcos para matar, vender a carne e complementar a parca aposentadoria. Humilde, sensível, humano, brincalhão, espirituoso, foi um segundo pai

que encontramos, Fátima e eu, num tempo de grandes dificuldades materiais. Costumava chegar no barracão onde morávamos quando eu estava escrevendo, prostrava-se à janela do escritório-sala onde eu trabalhava e, com sua fala terna de típico mineiro da área de extração de minério ferrífero – era de perto da cidade de João Monlevade -, cumprimentava-me de modo muito comedido, receoso de atrapalhar-me. Dediquei-lhe meu livro-poema de estreia, *Lama*, em 2000. Esse texto, escrito pouco tempo depois da sua morte ainda no final da década de 1990, teve uma publicação impressa, com diagramação experimental, afim da poesia visual, no primeiro número da revista Arraia Pajeúbe, editada por Carlos Emílio Corrêa e Cláudio Portela no início dos anos 2000 em Fortaleza.

Sobre uma áspera convivência de diferenças

por Tida Carvalho

Henri Michaux, numa dedicatória a Merleau-Ponty, escreve: "Poucas palavras, sem tese nem caminho real".

O livro de Anelito de Oliveira, que toma a palavra como instrumento de sua arte, nos incita a pensar a palavra como se ela guardasse uma força estranha que obriga o espírito e o pensamento a voltarem-se contra si mesmos, no ato da criação.

Nós sempre procuramos os poetas para mostrar caminhos para o nosso tempo, tempo em que o futuro parece ter-se esgotado, que o presente é efêmero e que o passado já nem conta mais. Sem as experiências do passado nem a perspectiva do futuro, as "duas maiores invenções da humanidade", segundo Valéry, ficamos no tempo marcado pelo desaparecimento de referenciais de vida e pela dificuldade de nos orientarmos no pensamento. Daí a importância da Poesia, que não pretende explicar o mundo por meio de conceitos e máximas, e sim falar de experiências de mundos. Mundos mudos, ou asfixiados, mundos em acampamentos insustentáveis.

A ação de presença de coisas ausentes exige a força da ficção, que introduz entre os homens ligações e obstáculos imaginários essenciais à sociedade. Melhor recorrer aos poetas, em prosa ou poesia, e suas cosmogonias.

Acampamentos insustentáveis, este livro híbrido, dá a ver um percurso, o itinerário de uma áspera convivência de diferenças, heterogeneidades, bifurcações sem bússola em que o mais insustentável é a especificidade da linguagem, que interconecta registros: casa de infância, cartas enviadas a ninguém, imóveis locados, aproximações ao impoderável, velocidade subjetiva, anotações de uma viagem ao Maranhão.

Na ideia de acampamento, que remete à montagem e desmontagem de abrigo provisório, constroem-se registros afins de poemas, prosas, cartas, anotações, nos quais se compartilha um desconforto em face de qualquer definição, especificação, pertencimento, instalação. O livro configura um ambiente de nomadismo intenso. O movimento de espaços, lugares, subjetividades, afetos e emoções, revela-se um modo de estar sempre fora de si, fora de um lugar ou de uma categoria próprios, unívocos, fechados, inteiros.

No registro "Onde tudo era infinito", lemos: "chegamos, então, à cidade depois – depois das margens". E: "Para chegar, sair... Era um apartamento. Alterava a ideia de morar". O fora do dentro: "Do lado de dentro, onde tudo era infinito". O livro é uma história de migrações, de ida e volta para lugar algum, uma fuga das molduras e dos lugares de pertencimento, um Alcatraz, o famoso presídio estadunidense, com guarda e quadra esportiva.

Essas "formas breves", que às vezes não são tão breves assim, como nos registros que compõem o segmento "Transcontos desnarrativos", são frágeis ou vulneráveis em algum sentido, precárias, informes, nunca brandas. O que pode defini-las, se é que isso é possível, é o fato de elas não chegarem a articularse num lugar específico, a sustentar-se numa identidade, a procurar ou achar um abrigo que as proteja. Ao contrário, todos os acampamentos são insustentáveis, desde o primeiro registro com feição de poema, "A casa" - dedicado a Zailda, irmã do poeta, companheira de desabrigo -, todos lançados às intempéries e canículas:

Era a casa, e ela está aqui, no meio de mim mesmo
Estando em mim, neste que está presente
Ainda vivo, semi-ausente, ainda olhando.

O poeta, aqui, aposta no entrecruzamento dos meios, dos gêneros, construindo assim uma fresta para libertar-se da especificidade do meio, do próprio, da propriedade, dos contratos de locação, expandindo a experiência poética que assola os muros e as barreiras de contenção.

Nesses textos inespecíficos, prosa e poesia, em fragmentos heterogêneos se comunicam cheiros de crianças, poeiras de caixas de papelão em constante mudança, mosaicos de histórias, sentimentos e afetos em novas formas de narrar, "transcontos desnarrativos".

Ao mesclar a voz lírica a uma trama de textos e referências multiplicadas, ao colocar em tensão o verso e a prosa, uma trama desconjuntada no espaço da escrita, temos o doente metafísico sem "phármakon", numa indistinção ou indiferenciação entre real e ficcional, movimento de sentido em que se dribla o convencional, a estabilidade e a especificidade. Vejamos este fragmento de um dos registros reunidos no segmento “Acercamentos ao inimigo sombrio”:

> A um doente metafísico, em pleno século 21, tudo que se pode dizer é que lamentavelmente não há nenhum remédio disponível na farmácia de Platão, tampouco na de Derrida. [...] Opondo literatura e realidade, resvalamos para a terceira margem – caminho sem volta, impossível. Mas para além da razão cínica de cada dia, nada se escolhe neste mundo – e as perguntas explodem.

Embaralhando-se realidade e ficção, lança-se a contiguidade do insolúvel, a aposta na inespecificidade, que tem várias razões, tanto históricas como teóricas, o que faz pensar na ideia de Rancière de uma comunidade com intérpretes ativos, uma comunidade emancipada de narradores, tradutores, poetas em acampamentos, acercando-se de sentidos provisórios, resistentes às forças tirânicas, opressoras, do tempo presente.

O potencial crítico deste livro está no modo como são feitos os entrecruzamentos de fronteiras, numa aposta no inespecífico como prática de não-pertencimento que se apresentam em acampamentos que abrigam comunidades de diferentes, ocupações de resistência às forças reacionárias.

Por fim, quero destacar o segundo segmento do livro, o que me deu a mais insustentável leveza do ser, as “Dezessete cartas para ninguém”. Termino com a “Décima sétima carta”:

devo parar de te escrever. não porque você esteja suficientemente escrita, mas porque a vontade de escrever é só sua – e infinita: uma espécie de morte, a escrita, lançada daqui, não te alcança, no fundo, te perde no desejo mesmo de te alcançar {você bosque demais. pede notícias, exterioridades, significados – sempre a ânsia de ter o mundo mais perto. não há o que remeter para além deste – o remetente. a carta é o que não chega a ser – e, na sua insuficiência, arfando como um urso na neve, é.

lembranças.
eu

Uma vontade de correspondência, ao modo de Baudelaire, de misturar as práticas literárias na convivência com a experiência contemporânea, a ideia de uma literatura que se configura como parte do mundo, envolvida com ele.

Tida Carvalho é Doutora em Literatura Comparada pela UFMG, com Pós-Doutorado na mesma área também pela UFMG, professora da Unimontes e autora, entre outros, do ensaio *O catatau de Paulo Leminski* e co-autora dos poemas de *Dois quartos*.

Impresso em papel pólen 80g/m², tipologia Adobe Garamond Pro, inverno de 2019.